Lb 1757.

UN MOT

SUR

LA MONARCHIE

ET

LA SOUVERAINETÉ NATIONALE,

PAR P.-M. PIÉTRI, AVOCAT.

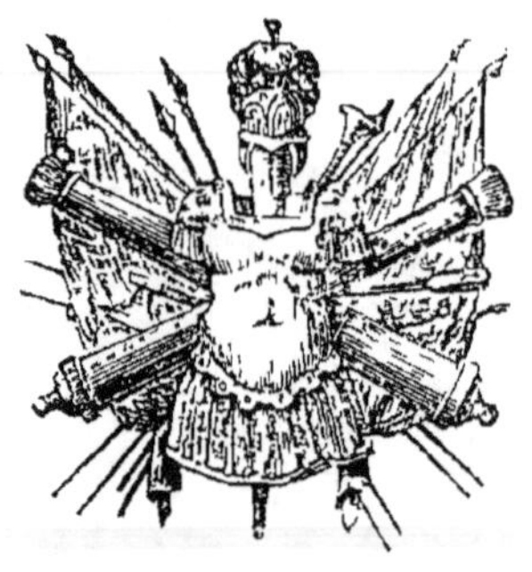

PARIS,

IMPRIMERIE DE Mme Ve THUAU,

CLOÎTRE S.-BENOÎT, 4.

———

1833.

UN MOT

SUR

LA MONARCHIE

ET

LA SOUVERAINETÉ NATIONALE.

Quand le gouvernement viole les
droits du peuple, l'insurrection est
pour le peuple, et pour chaque portion du peuple, le plus sacré des
droits et le plus indispensable des
devoirs.

(Droits de l'homme.)

Puisque chacun a le droit d'écrire à ses risques
et périls, je vais dire toute ma pensée, malgré la
consigne de faire feu sur *l'anarchiste* qui ne pen-
serait pas comme le gouvernement.

Ainsi, je vais examiner consciencieusement,
sans passion, mais aussi sans crainte, les contra-
dictions révoltantes qui existent entre la monarchie et la souveraineté du peuple.

Qu'est-ce qu'une monarchie, quelle qu'elle soit
d'ailleurs ? C'est un gouvernement dans lequel le

chef de l'État est *héréditaire* et *inviolable*, et dont la volonté est *immuable*, ou, si l'on aime mieux, c'est un gouvernement contre-nature, établi par les tyrans et pour les tyrans, car, quand tous les actes de la volonté humaine ne peuvent jamais être que provisoires, on ne conçoit pas qu'une constitution ou une dynastie puisse être déclarée définitive à jamais. La monarchie, c'est l'homme anti-social ne représentant que l'individualité et les intérêts de sa famille.

Qu'est-ce que la souveraineté du peuple ? C'est un gouvernement dans lequel la majorité du peuple est le seul pouvoir indépendant ; c'est le gouvernement du pays par le pays ou le gouvernement progressif ; en d'autres termes, c'est la démocratie ou la *République*.

J'invite ceux pour qui les mots sont des épouvantes et qui ne voient dans la république que le bonnet rouge de Marat et le marteau démolisseur de Couthon, à se souvenir que c'est la république qui a sauvé la France des invasions, que c'est elle qui a gravé, sur les quatre colossales façades de France, ces mots immortels : « Ici le peuple est souverain ! » et que c'est la monarchie qui, dans un pur intérêt de dynastie, nous a livrés deux fois à l'étranger. Ce sera toujours son rôle.

La monarchie et la souveraineté du peuple sont donc deux choses évidemment inconciliables.

Dès-lors notre constitution est imparfaite, elle est à refaire, puisqu'elle proclame la souveraineté nationale et l'hérédité du chef de l'Etat. Mais c'est le propre de notre gouvernement d'avoir le luxe des mots et la misère des choses. La république a l'éloquence des faits, la monarchie celle des paroles.

Il faut pourtant que nous ayons de deux choses, l'une, la république ou la monarchie, c'est-à-dire la monarchie de fait et de nom ou bien la démocratie, car là ou le fait n'est pas d'accord avec le droit, il n'y a pas de liberté possible.

Nos *législateurs-constituans* n'ont pas réfléchi aux résultats déplorables que pourrait faire naître une aussi inconcevable anomalie dans la constitution d'un grand peuple. On dirait qu'ils craignaient de toucher à la forme, lors-même qu'ils avaient bouleversé le fond. C'est un vain respect qui après que l'arbre est coupé, laisse sur pied son tronc aride et chancelant.

Ici se présente une question, celle de la prétendue nécessité, à savoir si quelques députés de circonstance avaient le droit de lier irrévocablement toute une nation sans la consulter. Je ne l'examinerai pas, non que je recule devant une solution qui m'attirerait, peut-être, les foudres-Persil; pour mon pays et mes convictions, je suis prêt à en braver de plus meurtrières : mais il serait superflu de s'y arrêter, je pense, lorsque, après avoir démontré que le principe monarchique est en contradiction manifeste avec le principe fondamental de la charte, la souveraineté du peuple, j'aurai prouvé que la souveraineté nationale existait antérieurement à tout pouvoir, même à celui des prétendus constituans, et partant à celui de leur avorton, la royauté. Car, comme je l'ai déjà dit, s'il n'existe qu'un seul pouvoir indépendant de droit, le pouvoir du peuple, il en résulte qu'il n'y a de liberté politique que là où le fait est d'accord avec le droit, là où le peuple trouve dans la constitution même de son gouvernement des moyens de manifester son vœu et de le rendre efficace ; or, un pareil gouvernement, sous quelque forme accidentelle qu'il soit organisé, sera toujours au fond une vraie démocratie et non une monarchie. Voyons de plus près, au reste, les absurdités de la monarchie. Pour former ce gouvernement, il faut plusieurs pouvoirs indépendans pour qu'il s'y trouve ce qu'on appelle l'équilibre des pouvoirs, de manière que le peuple, au lieu d'être *tout*, ne soit plus que l'un de ces pouvoirs, c'est-à-dire que la démocratie ou la souveraineté, qui est une et indivisible et qui réside essentiellement dans la nation, ne sera plus que l'un des trois pouvoirs de l'État, conjointement avec les branches monarchique et aristocratique. Mais ici,

une petite difficulté se présente : De qui les branches monarchique et aristocratique tiendront elles
leur pouvoir ? Apparemment du peuple, si ce n'est
de Dieu..... Dérision ! Comment, vous voulez que
le peuple confère à quelques-uns une supériorité
qu'il n'aurait pas ensuite le droit de leur ôter ? car,
comme chacun sait, la monarchie a le privilége
d'être héréditaire et inviolable. Ce serait un non
sens, ce serait de plus un mensonge, toute l'histoire l'atteste. Mais si le peuple ne voulait ni de
vous (les monarhistes), ni de votre monarchie,
vous diriez assurément que le peuple est *égaré*, et
pour le faire revenir aux *saines doctrines*, et au
besoin pour comprimer *l'anarchie*, vous auriez
soin de grossir vos bataillons.

Que vous dites-vous dès-lors, vous, qui la foulez
aux pieds, fils de la souveraineté du peuple, puisque sa volonté ne réside pas dans vous, ministres
ou rois, mais bien dans la nation ?

La monarchie est donc une contradiction, une
absurdité même dans une constitution qui a pour
principe fondamental la souveraineté du peuple.
En effet, vous ne persuaderez jamais à une nation
qu'elle est libre, quand l'insurrection est la seule
voie qui lui soit ouverte pour changer la forme de
son gouvernement, si telle était sa volonté. Et nous
savons par expérience, qu'il y a très loin de la
volonté de la majorité à *l'acte* de l'insurrection.

Entre la volonté d'une nation paisiblement inter-
rogée et la colère d'un peuple qui brise violemment
un gouvernement insupportable, la distance est
immense. C'est la différence qui existe entre un
homme jouissant de sa liberté naturelle et un es-
clave furieux qui rompt ses fers pour la reprendre.

« La restauration nous faisait mal au cœur, »
comme disait M. Montalivet; et pourtant il a fallu
la souffrir pendant quinze ans. C'est qu'en présence d'un gouvernement qui a en sa possession la
force publique et tous les moyens d'arrêter les
premières secousses et de prévenir un éclat géné-
ral, il faut que le besoin du changement soit ex-
trême pour que cette volonté se manifeste haute-
ment, pour que les hommes éclairés puissent en
juger les effets et pour que les plus hardis donnent
le signal de la rupture.

Jusqu'ici je n'ai fait qu'ébaucher des principes
acceptés et proclamés par la partie la plus vivace
et la plus intelligente de la nation. Maintenant,
je vais entrer dans quelques détails monarchiques,
pour prouver, avec plus de force, que la souveraineté du peuple est la négation complète de la
royauté.

Un pouvoir avoue ou n'avoue pas son origine :
l'avoue-t-il? il faut qu'il ne s'en écarte pas, c'est-
à-dire qu'il en subisse les conséquences. Émané du
peuple, il doit donc se soumettre à sa volonté. Et

comme cette volonté est essentiellement progressive et changeante, le pouvoir qui en émane, doit être, à moins de renier sa propre existence, progressif et changeant comme elle.

Un roi héréditaire et irresponsable, et par là apparemment infaillible, n'est donc pas le représentant du peuple, car l'élu du peuple n'est qu'un délégué, et un délégué quelque noble que soit son patriotisme, n'est qu'un citoyen à la tête d'autres citoyens, ou plutôt un homme faillible et périssable comme tout être humain.

Ainsi la monarchie, logiquement parlant, n'est pas de ce monde, puisque pour exister, il lui faut un dieu ou un être surhumain pour chef, je veux dire un homme infaillible. Et comme il est impossible de chasser ou même de neutraliser un vice qui est renfermé dans les entrailles et dans les veines de cette espèce de gouvernement, l'infaillibilité avec ses conséquences, on peut en conclure, que la royauté n'est qu'une usurpation, en d'autres termes qu'elle est dans la triste nécessité de désavouer son origine, ou tout au moins, d'en désavouer les conséquences. Ce qui est encore plus perfide, rien n'étant plus outrageant et plus fatal à la justice, que la perfidie qui veut conserver l'apparence de la probité : tandis qu'elle vous caresse d'une main, elle mesure de l'autre l'impulsion de son poignard.

De là , dans l'intérêt de sa conservation , néces=
sité pour elle de méconnaître son droit, ou de
fausser son origine , car assise sur deux bases qui
s'entrechoquent, l'infaillibilité et la volonté humaine, si elle s'appuie sur l'une, elle ébranle l'autre.

Or , un pouvoir qui renie son origine , ou les conséquences de son origine , usurpe les droits de ses
commettans , c'est-à-dire , viole les droits du peuple ; tout pouvoir émanant du sonverain , qui est
le peuple , ce serre-file philosophique et révolu-
tionnaire des siècles.

La nation peut donc , et pour mon compte , je
dis qu'elle doit même retirer son mandat à son
délégué infidèle , car , « Quand le gouvernement
viole les droits du peuple , l'insurrection est pour
le peuple , et pour chaque portion du peuple, le
plus sacré des droits et le plus indispensable des
devoirs. »

Qu'est-ce dès-lors qu'une royauté inviolable et
sacrée en présence du peuple souverain ? rien...

Examinons maintenant, puisque j'ai démontré
qu'une royauté héréditaire, infaillible ou divine ,
ne peut pas être le produit de la volonté humaine
ou de l'élection du peuple, comment elle fait pour
exister parmi les hommes. Ici je pourrais voyager
à travers l'histoire de tous les peuples pour prouver que c'est la monarchie ou le gouvernement de
la minorité , qui a causé et qui cause encore tous les

malheurs dont les peuples sont accablés; mais l'essai déplorable que nous venons de faire d'une royauté dite citoyenne, qui se place, assure-t-on, à la tête des meilleures monarchies, me dispense de prouver ce que chacun sait.

Un mot, au surplus, de la nécessité fâcheuse, dans laquelle se trouve une royauté quelconque, pour prolonger son immorale vie.

En présence de l'histoire qui atteste les progrès du genre humain, la monarchie est impassible et intraîtable, et dit en bravant les sociétés qui marchent : Vous n'irez pas plus loin. Cependant, ce qui avait été droit devient abus; l'habitude, loi; l'exception, règle; l'utile, nécessaire; et le monde moral se développe de toute part, et semble vouloir connaître le dernier degré de sa capacité. N'importe! sa mission est d'être rétrograde ou tout au moins stationnaire, car le progrès admet les changemens, et elle est héréditaire et inviolable.

Ainsi, pour exister, il faut qu'elle viole ou froisse toutes les lois naturelles, c'est-à-dire, qu'elle répande la corruption, au nom de la morale publique; qu'elle exerce des violences, au nom de la justice; qu'elle enchaîne les votes et les consciences, au nom de la liberté; bref, qu'elle nous conserve les noms, en nous ravissant les choses. C'est une nécessité.

On va s'écrier que cela est impossible, parce

qu'un roi, dans une monarchie dite représenta-
tive, n'est, en quelque sorte, que l'exécuteur de
la volonté générale. A cela, je réponds, en pre-
nant le modèle des monarchies pour exemple, la
monarchie quasi-légitime, que la volonté générale
n'est qu'un mot ou une fiction, et qu'il n'y a d'autre
réalité, dans une monarchie, que la volonté
royale.

En effet, qu'est-ce que la volonté générale, en
admettant sa possibilité dans une monarchie, en
présence de ce *veto* absolu qu'un roi, même quasi-
légitime, peut fulminer contre toute espèce de
loi? Que dire aussi de cette terrible et exorbitante
prérogative sans contrôle, de convoquer, de dis-
soudre et proroger les Chambres? La constitution
qui admet ces principes, proclame l'arbitraire, ou
plutôt il n'y a pas de constitution là où la tyran-
nie écrite d'un seul se fait entendre.

Peut-elle, d'ailleurs, cette volonté, se produire
au grand jour? N'a-t-on pas soin, au contraire,
de la comprimer par tous les moyens possibles, en
interdisant et punissant sévèrement toute espèce
d'association où elle pourrait se manifester avec
éclat; en bâillonnant la liberté de la presse, ce
sublime tocsin des peuples, par des lois préven-
tives, le cautionnement et le timbre; et en la ren-
dant illusoire par les saisies, les réquisitoires, les
amendes et les condamnations.

On nous parle aussi de représentation nationale, comme si le peuple concourait à la nomi-
nation de ses prétendus représentans. Mais n'est-
ce pas plutôt une amère dérision du bon sens et
de l'humanité.

Prétend-on par hasard, que quatre ou cinq cents
individus nommés par quelques milliers d'électeurs
représentent une nation de trente-trois millions
d'habitans ! Ce serait déclarer incapable d'intelligence la plus grande partie de la nation, ce serait
avilir et dégrader l'humanité... Quoi ! pour parler
le langage d'un écrivain distingué : « Toute par-
ticipation aux droits politiques serait interdite aux
sept sages de la Grèce, à l'exeption de Périandre,
qui fut riche, parcequ'il fut tyran, et aux douze
apôtres de l'évangile, en faveur de Judas, qui fut
riche parcequ'il vendit le sang de son maître »
Peut-on, je le demande, imaginer un état plus
bas que celui d'un peuple qui en est venu à fonder
son gouvernement, sa législation, son avenir, sur
ce trafic ignoble autant qu'insensé de l'intelligence
concédée au poids de l'or.

C'est pourtant la meilleure des constitutions
monarchiques qui a ces principes pour bases.

Il est inutile, maintenant que j'ai prouvé que
l'opinion publique n'est pas représentée, et que
même réprésentée, il existe dans une monarchie
une volonté plus forte à laquelle elle doit *obéis-*

sance, la volonté royale , que j'entre dans de plus grands détails. Je laisse dès-lors de côté la Chambre des Pairs, ce moulin sans voiles politiques, qui ne marche qu'à la vapeur du pouvoir.

Je laisse aussi de côté tous les moyens corrupteurs , dont une royauté peut disposer à sa guise : les millions du peuple , les honneurs , les places secrètes et ostensibles, etc., etc.

Je n'ai pas à m'occuper non plus de la Chambre des Députés , puisque j'ai démontré que sous un roi héréditaire et inviolable , la représentation nationale n'est qu'un mot ou une fiction.

Je n'ai donc qu'à conclure avec l'histoire , la raison et l'expérience, que la monarchie excluant essentiellement la souveraineté nationale , n'est au fond qu'un despotisme déguisé , et que partant, l'exercice de son pouvoir n'est et ne sera jamais restreint que par le danger de provoquer des soulèvemens ou des conspirations. Mais je dois conclure aussi, que la parole qui est le glaive de la raison et qui se fait entendre au nom de la justice et de la vérité , ne peut manquer sa victoire sur le mensonge , l'injustice et la force.

A présent, que j'ai, avec conviction, bégayé quelques mots , je ne puis mieux faire , pour les résumer avec éclat, que de laisser parler Napoléon : « En moins de quinze ans , disait-il, tout le système européen sera changé ; les révolutions succéderont aux révolutions, jusqu'à ce que chaque nation ait connaissance de ses droits individuels. » Et puis il ajoutait, comme conclusion et sentence finale : « Je fus républicain; le sort et l'opposition m'ont fait Empereur; LA FRANCE REDEVIENDRA RÉPUBLIQUE!.....

www.ingramcontent.com/pod-product-compliance
Lightning Source LLC
Chambersburg PA
CBHW061556050726
47595CB00009B/3842